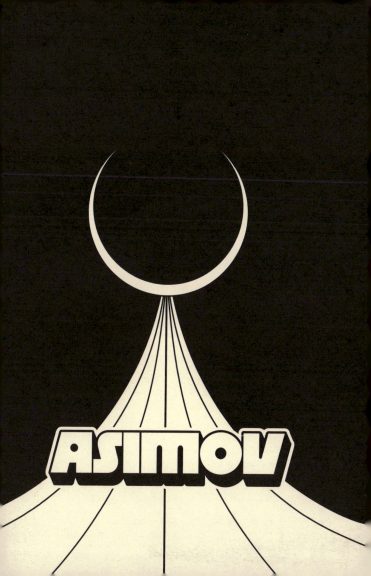

O CAIR DA NOITE

TRADUÇÃO

Aline Storto Pereira

*Se as estrelas aparecessem uma
noite em mil anos, como os seres
humanos acreditariam e adorariam
e preservariam por muitas gerações
a lembrança da cidade de Deus?*

EMERSON

Aton 77, diretor da Universidade de Saro, fez uma careta agressiva e encarou o jovem jornalista com fúria.

Theremon 762 não se deixou abalar. No começo da carreira, quando a sua coluna hoje amplamente conhecida não passava de uma ideia maluca na cabeça de um repórter iniciante, ele se especializara em entrevistas "impossíveis". Isso custara a ele hematomas, olhos roxos e ossos quebrados, mas lhe dera uma vasta reserva de frieza e autoconfiança.

Então baixou a mão estendida que fora tão explicitamente ignorada e, com calma, esperou que o velho diretor superasse o pior. Os astrônomos eram estranhos mesmo e, se as atitudes de Aton nos últimos dois meses significavam alguma coisa, ele era o mais estranho do bando.

A voz de Aton 77 voltou e, embora estremecesse de emoção contida, a fraseologia cuidadosa e um tanto pedante pela qual o astrônomo era conhecido não o abandonou.

– Você demonstra um atrevimento dos infernos ao vir me procurar com essa sua proposta imprudente – disse ele.

O telefotógrafo rouco do observatório, Beenay 25, passou a ponta da língua pelos lábios secos e interveio, nervoso:

— Bem, senhor, afinal...

O diretor se virou para ele e ergueu uma sobrancelha branca.

— Não se intrometa, Beenay. Vou dar a você o crédito de ter tido boas intenções ao trazer este homem para cá, mas não vou tolerar nenhuma insubordinação.

Theremon decidiu que era hora de entrar na conversa.

— Diretor Aton, se me deixar terminar de falar, acho...

— Meu jovem, não acredito que nada do que você possa dizer contaria muito comparado às suas colunas diárias dos últimos dois meses. Você liderou uma ampla campanha jornalística contra os esforços que eu e meus colegas fizemos para organizar o mundo contra a ameaça que, agora, é tarde demais para evitarmos. Fez o melhor que pôde com os seus ataques extremamente pessoais para transformar a equipe deste observatório em objeto de piada.

O diretor ergueu da mesa um exemplar do jornal da cidade de Saro, o *Crônica*, e, com raiva, o chacoalhou na direção de Theremon.

– Mesmo uma pessoa com a sua conhecida imprudência deveria ter hesitado antes de vir me procurar com um pedido para cobrir os eventos de hoje. De todos os jornalistas, justo você!

Aton atirou o jornal no chão, deu passadas largas até a janela e cruzou os braços atrás das costas.

– Pode sair – disse ele, brusco, olhando para trás.

Observou com melancolia a linha do horizonte onde Gama, o mais brilhante dos seis sóis do planeta, se punha. Ele já desvanecia, amarelado, nas brumas do horizonte, e Aton sabia que jamais voltaria a vê-lo como homem são.

Ele se virou.

– Não, espere, venha cá! – Fez um gesto autoritário. – Vou dar a história que você quer.

O jornalista não tinha feito nenhuma menção de sair e se aproximou do outro homem devagar. Aton apontou para fora.

– Dos seis sóis, só resta Beta no céu. Está vendo?

A pergunta era desnecessária. Beta estava quase no zênite; sua luz avermelhada inundando a paisagem e tingindo-a com um tom alaranjado incomum à medida que desvaneciam os raios do sol Gama, que se punha. Beta estava no afélio. Estava pequeno, menor do que Theremon jamais o vira, e, naquele momento, era o soberano incontestável do céu de Lagash.

O próprio sol de Lagash, Alfa, em torno do qual o planeta girava, estava nas antípodas, assim como dois pares de companheiros distantes. O anão vermelho Beta, vizinho imediato de Alfa, estava sozinho, sombriamente sozinho.

O rosto de Aton, voltado para o alto, incendiava-se sob a luz do sol.

– Em pouco menos de quatro horas, a civilização como conhecemos vai chegar ao fim. E isso porque, como você pode ver, Beta é o único sol no céu. – Ele deu um sorriso pesaroso. – Publique isso! Não vai sobrar ninguém para ler!

– Mas e se acabarem passando as quatro horas, e mais quatro, e não acontecer nada? – perguntou Theremon em tom suave.

– Não fique preocupado com isso. Vão acontecer coisas suficientes.

– Certo! E, *mesmo assim*, se nada acontecer?

Beenay 25 falou pela segunda vez:

– Acho que o senhor devia ouvir o que ele diz.

– Faça uma votação, diretor Aton – pediu Theremon.

Os cinco membros restantes da equipe do observatório, que até então tinham mantido uma atitude de neutralidade cautelosa, ficaram agitados.

– Isso não é necessário – declarou Aton categoricamente. Ele pegou o relógio de bolso. – Já que o seu bom amigo Beenay insiste em tanta urgência, vou conceder cinco minutos a você. Fale.

– Ótimo! Agora, que diferença faria se você me deixasse tomar notas para um relato de testemunha ocular do que está por vir? Se a sua previsão acontecer, minha presença não vai causar nenhum problema, pois, nesse caso, minha coluna nem vai ser escrita. Por outro lado, se não der em nada, pode esperar ser ridicularizado ou pior. Seria prudente deixar essa ridicularização em mãos amigas.

Aton bufou.

– Quando fala de mãos amigas, está falando das suas?

– Claro! – Theremon se sentou e cruzou as pernas. – Minhas colunas podem ter sido um pouco duras, mas sempre dei a vocês um voto de confiança. Afinal, este não é o século para anunciar a Lagash que "o fim do mundo está próximo". Vocês têm que entender que as pessoas não acreditam mais no *Livro das Revelações* e ficam irritadas quando os cientistas mudam de ideia e nos dizem que os cultistas estão certos no final das contas...

– Nada disso, meu jovem – interrompeu Aton. – Embora boa parte dos nossos dados tenha sido fornecida pelo Culto, nossos resultados não têm nada do misticismo dos cultistas. Fatos são fatos, e a assim chamada mitologia do Culto *é* embasada por certos fatos. Nós os expusemos e acabamos com o mistério. Garanto que o Culto nos odeia mais do que você agora.

– Eu não odeio vocês. Só estou tentando dizer que o público está de péssimo humor. Eles estão bravos.

Aton torceu a boca em um gesto de desdém.

– Deixe que fiquem bravos.

– Deixo, mas e amanhã?

– Não vamos ter amanhã!

– Mas e se tivermos? Suponhamos que sim... só para ver o que acontece. Essa raiva pode se materializar em algo sério. Afinal de contas, como sabe, a economia está em queda livre. Os investidores não acreditam que o mundo está chegando ao fim, mas mesmo assim estão sendo cautelosos com o dinheiro até essa coisa toda terminar. Johnny Public também não acredita em você, mas os novos móveis de primavera podem muito bem esperar alguns meses... só para ter certeza.

"Você entendeu a questão. Assim que tudo isso acabar, os magnatas vão querer a sua cabeça. Vão dizer que, se os excêntricos, com todo o respeito, podem causar transtorno à prosperidade do país a hora que quiserem simplesmente fazendo uma previsão absurda, cabe ao planeta evitar esse tipo de coisa. Vai ser terrível, senhor."

O diretor observou o colunista com um ar severo.

– E o que exatamente você propõe para resolver a situação?

Theremon sorriu.

– Bem, proponho me encarregar da publicidade. Posso cuidar das coisas de modo que só o lado ridículo apareça. Admito que seria difícil aguentar, porque eu teria que fazer de vocês um bando de idiotas babões, mas, se eu conseguir fazer as pessoas rirem de vocês, talvez se esqueçam de ficar bravas. Em troca, a única coisa que meu editor quer é uma história exclusiva.

Beenay aquiesceu e desatou a falar:

— Senhor, achamos que ele está certo. Nos dois últimos meses, consideramos tudo, menos a chance de uma em um milhão de haver um erro em alguma parte da nossa teoria e dos nossos cálculos. Precisamos pensar nisso também.

Um murmúrio de consenso ecoou entre os homens agrupados em torno da mesa, e Aton assumiu a expressão de quem sentia um gosto amargo na boca e não conseguia se livrar dele.

— Então, pode ficar se quiser. Mas evite nos atrapalhar nas nossas tarefas, por favor. Além disso, lembre-se de que sou responsável por todas as atividades aqui e, apesar das opiniões que expressou nas suas colunas, vou esperar total cooperação e respeito...

As mãos dele estavam atrás das costas e o rosto enrugado estava resolutamente projetado para a frente enquanto falava. Ele poderia ter continuado indefinidamente, não fosse pela intrusão de outra voz.

– Olá, olá, olá! – O cumprimento veio em um tom alto de tenor, e as bochechas rechonchudas do recém-chegado se abriram em um sorriso satisfeito. – Que clima de velório é este aqui? Ninguém está perdendo a coragem, assim espero.

Aton se sobressaltou, consternado, e perguntou, com raiva:

– Mas o que diabos você está fazendo aqui, Sheerin? Achei que fosse ficar lá no Refúgio.

Sheerin deu risada e deixou sua figura atarracada cair sobre uma cadeira.

– Que se dane o Refúgio! Aquele lugar me deixou entediado. Quis vir para cá, onde as coisas estão ficando animadas. Acha que eu não tenho curiosidade também? Quero ver essas Estrelas das quais os cultistas sempre falam. – Ele esfregou as mãos e acrescentou, em um tom mais sério: – Está congelante lá fora. O vento está tão frio que quase congela o nariz. Beta parece não estar gerando calor nenhum à distância que está.

O diretor grisalho cerrou os dentes em súbita exasperação.

– Por que você se dá ao trabalho de fazer essas loucuras, Sheerin? Que serventia você tem aqui?

– Que serventia eu tenho aqui? – Sheerin fez um gesto largo com as mãos espalmadas em resignação cômica. – Um psicólogo não é bom no que faz se está em um Refúgio. Eles precisam de homens fortes e ativos, de mulheres saudáveis que possam procriar. Eu? Estou quarenta e cinco quilos acima do peso para um homem ativo e não seria um sucesso procriando. Então por que incomodar aquelas pessoas com mais uma boca para alimentar? Só me sinto melhor aqui.

– O que exatamente é o Refúgio, senhor? – perguntou Theremon de forma abrupta.

Sheerin pareceu ver o colunista pela primeira vez. Ele franziu a testa e seu sorriso sumiu.

– Por Lagash, quem é você, ruivo?

– Este é Theremon 762, o cara do jornal. Acho que você já ouviu falar dele – murmurou Aton de mau humor, comprimindo os lábios.

O colunista ofereceu a mão.

– E o senhor, claro, é Sheerin 501, da Universidade Saro. Ouvi falar do senhor. – Então repetiu: – O que é esse Refúgio?

– Bem – respondeu Sheerin –, conseguimos convencer algumas pessoas da veracidade da nossa profecia sobre... ahn... a destruição, para ser dramático, e esses poucos, que de modo geral consistem nos parentes mais próximos da equipe do observatório, certas pessoas da Universidade Saro e alguns de fora, tomaram as medidas adequadas. Juntos eles somam cerca de trezentas pessoas, mas três quartos são mulheres e crianças.

– Entendo! Eles devem se esconder onde a Escuridão e as... ahn... as Estrelas não alcançam e então resistir quando o resto do mundo desaparecer.

– Se puderem. Não vai ser fácil. Com toda a humanidade insana, com as grandes cidades em chamas, o ambiente não será propício à sobrevivência. Mas eles têm comida, água, abrigo e armas...

– Eles têm mais do que isso – interveio Aton. – Eles têm todos os nossos registros, a não ser os que vamos coletar hoje. Esses registros vão significar tudo para o próximo ciclo e é isso que deve sobreviver. O resto pode ir se danar.

Theremon soltou um assobio longo e baixo e ficou pensativo durante vários minutos. Os homens ao redor da mesa trouxeram um tabuleiro de xadrez para múltiplos jogadores e começaram um jogo de seis. As jogadas eram feitas de maneira rápida e silenciosa. Theremon os observou com atenção, depois se levantou e se aproximou de Aton, que estava afastado, conversando com Sheerin aos sussurros. Ele disse:

— Escute, vamos para algum lugar onde não vamos incomodar o resto dos colegas. Quero fazer algumas perguntas.

O velho diretor franziu a testa para ele com azedume, mas Sheerin chiou:

– Com certeza. Conversar vai me fazer bem. Sempre faz. O Aton estava me contando suas ideias sobre a reação do mundo caso nossa previsão falhe... e concordo com você. A propósito, leio sua coluna com bastante frequência e, em linhas gerais, gosto de seus pontos de vista.

– Por favor, Sheerin – rosnou Aton.

– Hein? Ah, certo. Vamos para a sala ao lado. Afinal, ela tem cadeiras mais macias.

Havia mesmo cadeiras mais macias na sala ao lado. Também havia grossas cortinas vermelhas nas janelas e um tapete bordô no chão. Com a luz cor de telha de Beta entrando pela janela, o efeito geral era de sangue seco.

Theremon estremeceu.

– Eu daria dez créditos por um pouco de luz decente só por um segundo. Gostaria que Gama ou Delta estivessem no céu.

– Quais são suas perguntas? Por favor, lembre-se de que nosso tempo é limitado. Em pouco mais de uma hora e quinze minutos, vamos para o andar de cima, e depois disso não haverá tempo para conversar – disse Aton.

– Bem, são estas. – Theremon se recostou e cruzou as mãos sobre o peito. – Vocês parecem levar isso tão a sério que estou começando a acreditar. Se importaria de me explicar do que se trata?

Aton explodiu:

— Você pretende sentar aí e me falar que esteve nos ridicularizando sem sequer se informar sobre o que estávamos tentando dizer?

O colunista deu um sorriso encabulado.

— Não é tão ruim assim, senhor. Tenho uma ideia geral. O senhor disse que vai haver uma Escuridão global daqui a algumas horas e que toda a humanidade vai ficar violentamente insana. O que eu quero agora é a ciência por trás disso.

Sheerin interrompeu:

— Não quer, não. Não quer mesmo. Se fizer um pedido desses para o Aton, supondo que ele esteja com disposição para responder, ele vai apresentar páginas de números e volumes de gráficos. Você não vai entender nada. Agora, se perguntar para mim, posso dar o ponto de vista de um leigo.

– Tudo bem, a pergunta é para o senhor.

– Então primeiro quero uma bebida. – Ele esfregou as mãos e olhou para Aton.

– Água? – resmungou Aton.

– Não seja tolo!

– Não seja tolo você. Nada de álcool hoje. Seria fácil demais embebedar os meus homens. Não posso me dar ao luxo dessa tentação.

O psicólogo resmungou sem dizer uma palavra. Virou-se para Theremon, fulminando-o com um olhar penetrante, e começou.

– Você percebe, claro, que a história da civilização em Lagash demonstra um caráter cíclico... mas quero dizer cíclico!

– Eu sei que essa é a corrente arqueológica atual. Já foi aceita como fato? – respondeu Theremon com cautela.

– Quase. Neste último século foi considerada consenso geral. Esse caráter cíclico é, ou melhor, era um dos grandes mistérios. Localizamos uma série de civilizações, nove delas com certeza, e indicações de outras também, que atingiram auges comparáveis ao nosso, e todas, sem exceção, foram destruídas pelo fogo no ápice de sua cultura.

"E ninguém conseguia dizer por quê. Todos os centros de cultura foram totalmente aniquilados pelo fogo sem deixar nada que desse uma pista da causa."

Theremon acompanhava com atenção.

– Não houve uma Idade da Pedra também?

– Provavelmente, mas, até agora, não se sabe quase nada, exceto que os homens daquela época eram pouco mais do que macacos inteligentes. Podemos esquecer isso.

– Entendo. Continue!

– Houve explicações sobre essas catástrofes recorrentes, todas de natureza mais ou menos fantástica. Alguns dizem que ocorrem chuvas de fogo periódicas, alguns dizem que Lagash atravessa um sol de tempos em tempos, outros dizem coisas ainda mais extravagantes. Mas existe uma teoria, bem diferente de todas essas, que vem sendo transmitida há alguns séculos.

– Eu sei. O senhor está falando desse mito das "Estrelas" no *Livro das Revelações* dos cultistas.

– Exatamente – retomou Sheerin com satisfação. – Os cultistas dizem que, a cada dois mil e cinquenta anos, Lagash entra em uma caverna enorme, fazendo com que todos os sóis desapareçam e uma escuridão total cubra o mundo inteiro! Depois disso, segundo eles, aparecem umas coisas chamadas Estrelas, que roubam as almas dos homens e os transformam em brutamontes irracionais, e assim eles destroem a civilização que eles próprios construíram. Claro que os cultistas misturam tudo isso com um monte de noções místico-religiosas, mas essa é a ideia central.

Seguiu-se uma pausa curta na qual Sheerin tomou um longo fôlego.

– E agora chegamos à Teoria da Gravitação Universal.

Ele pronunciou a expressão destacando as letras maiúsculas... e naquele momento Aton deu as costas para a janela, bufou ruidosamente e saiu da sala.

Os dois ficaram olhando para ele. Theremon perguntou:

– O que foi?

– Nada demais. Dois dos homens deveriam ter chegado várias horas atrás e não apareceram ainda. Ele está com pouca gente, claro, porque todos, menos os realmente essenciais, foram para o Refúgio.

– Você não acha que os dois desertaram, acha?

– Quem? O Faro e o Yimot? Claro que não. Mas, se não voltarem dentro de uma hora, as coisas podem ficar um pouco complicadas. – Ele se levantou de repente e seus olhos cintilaram. – Em todo caso, enquanto Aton está fora...

Aproximando-se da janela mais próxima na ponta dos pés, ele se agachou e, do armário que havia embaixo dela, tirou uma garrafa de líquido vermelho que gorgolejou sugestivamente quando ele a chacoalhou.

– Achei que Aton não soubesse disso – comentou, enquanto voltava para a mesa. – Aqui! Só temos uma taça, então, como convidado, pode ficar com ela. Eu fico com a garrafa. – E encheu a minúscula taça com cuidado criterioso.

Theremon se levantou para protestar, mas Sheerin lançou um olhar severo a ele.

– Respeite os mais velhos, meu jovem.

O repórter se sentou com uma expressão angustiada no rosto.

– Vá em frente então, velho bandido.

O pomo de adão do psicólogo oscilou à medida que ele virava a garrafa;

depois, com um som de satisfação e um estalo dos lábios, ele voltou a falar.

– Mas o que você sabe sobre gravitação?

– Nada, a não ser que é uma revelação muito recente, não muito bem comprovada, e que a matemática é tão difícil que somente doze homens em Lagash devem entender.

– Francamente! Bobagem! Conversa fiada! Eu posso passar toda a matemática essencial em uma frase. A Lei da Gravitação Universal afirma que existe uma força coesiva entre todos os corpos do universo, então a quantidade dessa força entre dois corpos é proporcional ao produto de suas massas dividido pelo quadrado da distância entre eles.

– Só isso?

– É o suficiente! Levou quatrocentos anos para ser desenvolvida.

– Por que tanto tempo? Pareceu bastante simples do jeito que você explicou.

– Porque as grandes leis não são adivinhadas por lampejos de inspiração, não importa o que você ache. Em geral, é necessário o trabalho conjunto de um mundo cheio de cientistas durante séculos. Depois que Genovi 14 descobriu que Lagash girava ao redor do sol Alfa e não o contrário, e isso foi há quatrocentos anos, os astrônomos estiveram trabalhando. Os movimentos complexos dos seis sóis foram registrados, analisados e esclarecidos. Teoria após teoria foi formulada e verificada e conferida e modificada e abandonada e retomada e transformada em outra coisa. Foi um trabalho dos diabos.

Theremon acenou com a cabeça, pensativo, e estendeu a taça para que o outro servisse mais bebida. Sheerin permitiu de má vontade que algumas gotas rubras saíssem da garrafa.

– Foi há vinte anos – continuou ele, depois de voltar a molhar a própria garganta –, quando enfim demonstraram que a Lei Universal da Gravitação explicava com exatidão os movimentos orbitais dos seis sóis. Foi um grande triunfo.

Sheerin se levantou e foi até a janela, ainda segurando a garrafa.

– E agora estamos chegando ao ponto que queremos. Na última década, os movimentos de Lagash ao redor de Alfa foram calculados de acordo com a gravidade, e *não se levou em conta a órbita observada*, nem quando todas as perturbações causadas pelos outros sóis foram incluídas. Ou a lei era inválida ou envolvia outro fator ainda ignorado.

Theremon se juntou a Sheerin na janela e olhou para além das encostas arborizadas, onde as torres de Saro refletiam um brilho vermelho-sangue no horizonte. O repórter sentiu a tensão da incerteza crescer dentro de si quando deu uma olhada em Beta, que, minguado e diabólico, emanava uma luz avermelhada no zênite.

– Vá em frente, senhor – disse ele baixinho.

– Os astrônomos deram passos em falso durante anos, cada um propôs uma teoria mais insustentável do que a anterior, até que Aton teve a ideia de entrar em contato com o Culto. O chefe do Culto, Sor 5, tinha acesso a algumas informações que simplificavam bastante o problema. Aton começou a trabalhar em uma nova direção.

"E se existisse outro corpo planetário não luminoso como Lagash? Sabe, se existisse, ele só brilharia por conta da luz refletida e, se fosse composto de rochas azuladas, como é o caso de Lagash em grande parte, então, na vermelhidão do céu, o eterno resplendor dos sóis o tornaria invisível, seria completamente encoberto."

Theremon assoviou.

– Que ideia absurda!

– Você acha que *essa* ideia é absurda? Escute só: imagine que esse corpo girasse ao redor de Lagash a tal distância e tal órbita e tivesse tal massa que sua atração explicasse exatamente os desvios da órbita de Lagash em tese... você sabe o que aconteceria?

O colunista chacoalhou a cabeça.

– Bem, às vezes esse corpo entraria na frente de um sol. – E Sheerin esvaziou o que sobrara na garrafa de um gole.

– E entra, suponho – comentou Theremon em um tom maçante.

– Entra! Mas existe apenas um sol em seu plano de rotação. – Ele apontou o polegar para o sol encolhido lá no alto. – Beta! E foi demonstrado que o eclipse só vai acontecer quando os sóis estiverem dispostos de tal forma que Beta será o único no seu hemisfério e à distância máxima, momento em que a lua está invariavelmente à distância mínima. O eclipse resultante, com a lua sete vezes maior do que o diâmetro aparente de Beta, cobre Lagash inteiro e dura bem mais do que metade do dia, de modo que nenhuma parte do planeta escapa dos seus efeitos. *Esse eclipse ocorre uma vez a cada dois mil e quarenta e nove anos.*

O rosto de Theremon assumira uma máscara inexpressiva.

– E essa é a minha história?

O psicólogo aquiesceu.

– É a história toda. Primeiro, o eclipse, que vai começar daqui a quarenta e cinco minutos, depois a Escuridão universal e, talvez, essas estrelas misteriosas, depois a loucura e o fim de um ciclo.

Ele refletiu por um instante.

– Tivemos dois meses de margem, nós, do observatório, e não foi tempo suficiente para convencer Lagash do perigo. Dois séculos talvez não tivessem sido suficientes. Mas os nossos registros estão no Refúgio e hoje vamos fotografar o eclipse. O próximo ciclo começará com a verdade e, quando chegar o próximo eclipse, a humanidade finalmente estará preparada para ele. Se pensar bem, isso também faz parte da sua história.

Uma brisa leve agitou a cortina da janela quando Theremon a abriu e se inclinou para fora. O vento passou seus dedos gelados pelo cabelo do jornalista enquanto ele observava a luz carmesim em sua mão. Então se virou, revoltado.

– O que existe na Escuridão para *me* deixar louco?

Sheerin sorriu para si mesmo enquanto girava a garrafa de bebida vazia com movimentos manuais absortos.

– Você já experimentou a Escuridão, meu jovem?

O jornalista se recostou contra a parede e refletiu.

– Não. Não posso dizer que experimentei. Só... ahn... – Ele fez movimentos vagos com os dedos e depois se animou. – Só a ausência de luz. Como nas cavernas.

– Você já esteve em alguma caverna?

– Em uma *caverna*? Claro que não!

– Imaginei que não. *Eu* tentei semana passada, só para ver, mas saí depressa. Fui entrando até que só desse para ver a boca da caverna como um borrão de luz e todas as outras partes estivessem tomadas pela escuridão. Nunca pensei que uma pessoa com meu peso pudesse correr tão rápido.

– Bem, se chegasse a esse ponto, acho que eu não teria corrido se estivesse lá.

O psicólogo analisou o jovem franzindo o cenho, irritado.

– Minha nossa, não conte vantagem! Eu desafio você a fechar a cortina.

Theremon pareceu surpreso e contestou:

– Para quê? Se tivéssemos quatro ou cinco sóis lá fora, talvez a gente fosse querer diminuir a luz para ter um pouco mais de conforto, mas agora, do jeito como está, nem temos luz suficiente.

– Essa é a questão. Apenas feche a cortina, depois venha aqui e se sente.

– Tudo bem. – Theremon estendeu a mão até a corda com borla e puxou. A cortina vermelha correu pela ampla janela, os anéis de metal chiando ao percorrer a barra, e uma sombra vermelho-crepúsculo recaiu sobre a sala.

Os passos de Theremon ressoaram ocamente no silêncio enquanto ele voltava para a mesa, depois pararam no meio do caminho.

– Não consigo ver o senhor – sussurrou ele.

– Venha tateando – ordenou Sheerin em uma voz forçada.

– Mas não consigo ver o senhor. – O jornalista respirava de maneira áspera. – Não consigo ver nada.

– O que você esperava? – veio a resposta implacável. – Venha aqui e sente-se!

Os passos ecoaram outra vez, hesitantes, aproximando-se devagar. Ouviu-se o barulho de alguém remexendo desajeitadamente em uma cadeira.

– Aqui estou. Eu me sinto... *gulp*... bem – soou fracamente a voz de Theremon.

– Gostou?

– N-não. É horrível. As paredes parecem estar... – Ele fez uma pausa. – Elas parecem estar se fechando sobre mim. Eu fico querendo afastá-las. Mas não estou *enlouquecendo*! Na verdade, a sensação não é tão ruim quanto antes.

– Tudo bem. Abra a cortina de novo.

Ouviram-se passos cautelosos no escuro, o roçar do corpo de Theremon contra a cortina enquanto ele tateava em busca da corda, depois o *zu-u-um* da cortina deslizando. Uma luz vermelha banhou a sala e, com uma exclamação de alegria, Theremon olhou para o sol.

Sheerin limpou o suor da testa com as costas das mãos e comentou, com uma voz trêmula:

– E foi só uma sala escura.

– Dá para suportar – falou Theremon sem refletir.

– É, uma sala escura dá. Mas você esteve na Exposição Centenária Jonglor dois anos atrás?

– Não. Acontece que nunca achei tempo para ir. Percorrer quase dez mil quilômetros era uma viagem um pouco longa demais, mesmo para a exposição.

– Bem, eu estive lá. Você ouviu falar do "Túnel do Mistério" que bateu todos os recordes na área de diversão... ao menos pelo primeiro mês ou em torno disso?

– Ouvi. Não houve um estardalhaço sobre isso?

– Muito pouco. O alarido foi silenciado. Sabe, esse Túnel do Mistério tinha só mil e seiscentos metros de comprimento... sem nenhuma luz. Você entrava num carrinho aberto e atravessava a Escuridão sacudindo durante quinze minutos. Foi muito popular... enquanto durou.

– Popular?

– Com certeza. Existe certo fascínio em ficar assustado *quando faz parte de um jogo*. Um bebê nasce com três medos instintivos: de barulhos altos, de quedas e da ausência de luz. Por isso acham tão divertido pular e gritar "bu!" para assustar alguém. É por isso que é tão divertido andar de montanha-russa. E foi por isso que esse Túnel do Mistério começou a dar dinheiro. As pessoas saíam daquela Escuridão trêmulas, ofegantes, meio mortas de medo, mas continuavam pagando para entrar.

– Espere um pouco, eu me lembro agora. Algumas pessoas saíram mortas, não foi? Houve boatos sobre isso depois que fecharam.

– Ora bolas! – bufou o psicólogo. – Duas ou três morreram. Isso não foi nada! Eles subornaram as famílias dos mortos e convenceram o Conselho da cidade de Jonglor a esquecer.

Afinal de contas, disseram, se as pessoas com coração fraco querem entrar no túnel, é por conta e risco delas e, além do mais, não aconteceria de novo. Então colocaram um médico na recepção e fizeram todos os clientes passarem por um exame físico antes de entrar no carro. Isso na verdade *aumentou* a venda de entradas.

– Bem, e daí?

– Veja bem, tinha outra coisa. As pessoas às vezes saíam em boas condições, a não ser pelo fato de que se recusavam a entrar em locais cobertos... qualquer tipo de lugar coberto, inclusive palácios, mansões, apartamentos, cortiços, casas de campo, cabanas, choças, alpendres e tendas.

Theremon pareceu chocado.

– Quer dizer que elas se recusavam a sair do espaço aberto? Onde dormiam?

– Ao ar livre.

– Deviam ter sido *forçadas* a entrar.

– Ah, elas foram, elas foram. Diante disso, essas pessoas entravam em uma crise histérica violenta e faziam o melhor que podiam para bater a cabeça contra a parede mais próxima. Quando alguém obrigava essas pessoas a entrar em algum lugar, não conseguia segurá-las lá sem uma camisa de força ou uma dose pesada de tranquilizante.

– Deviam estar loucas.

– É exatamente isso. Uma em cada dez pessoas que entravam no túnel saía desse jeito. Chamaram os psicólogos e fizemos a única coisa que era possível. Fechamos a exibição. – Ele fez um gesto largo com as mãos.

– Qual era o problema com essas pessoas?

– Essencialmente, o mesmo problema que havia com você quando achou que as paredes da sala estavam se fechando sobre você no escuro. Existe um termo psicológico para o medo instintivo da ausência de luz que o ser humano sente. Chamamos isso de "claustrofobia" porque a ausência de luz sempre está relacionada a lugares fechados, de forma que o medo de uma coisa é o medo de outra. Entende?

– E as pessoas do túnel?

– As pessoas do túnel eram infelizes cuja mentalidade não tinha a resiliência para superar a claustrofobia que tomou conta delas na Escuridão. Quinze minutos sem luz é muito tempo; você vivenciou só dois ou três minutos, e acho que ficou bastante perturbado.

"Aquelas pessoas tiveram o que é chamado de 'fixação claustrofóbica'. Seu medo latente da Escuridão se cristalizou e se tornou ativo e, até onde sabemos, permanente. É isso o que quinze minutos no escuro vão fazer".

Seguiu-se um longo período de silêncio, e a testa de Theremon foi franzindo devagar.

– Não acredito que seja tão ruim.

– Você quer dizer que não quer acreditar. Você tem medo de acreditar. Olhe pela janela!

Theremon olhou, e o psicólogo continuou sem nenhuma pausa:

– Imagine a Escuridão em toda parte. Nenhuma luz até onde você consegue ver. As casas, as árvores, os campos, a terra, o céu... escuros! E, até onde sei, Estrelas por toda parte... o que quer que *elas* sejam. Consegue imaginar?

– Consigo – declarou Theremon, truculento.

E Sheerin bateu o punho na mesa com súbita cólera.

– Você está mentindo! Não consegue imaginar isso. Seu cérebro não foi feito para essa concepção, assim como não foi feito para a concepção de infinito ou de eternidade. Você só consegue falar sobre o assunto. Uma fração da realidade o perturba e, quando chegar o acontecimento de verdade, seu cérebro será apresentado a um fenômeno fora do seu limite de compreensão. Você vai ficar louco, totalmente e permanentemente louco! Não há dúvida disso!

Com tristeza, ele acrescentou:

– E mais dois milênios de esforços dolorosos darão em nada. Amanhã não restará nenhuma cidade ilesa em todo o Lagash.

Theremon recobrou parte do equilíbrio mental.

– Isso não faz sentido. Ainda não compreendo que eu possa pirar porque não tem nenhum sol no céu... mas, mesmo que pirasse, e todos os outros também, como isso afetaria as cidades? A gente vai destruir tudo?

Mas Sheerin também estava irritado.

– Se você estivesse na Escuridão, o que iria querer mais que tudo, o que todos os instintos exigiriam? Luz, droga, *luz*!

– E daí?

– E como você consegue luz?

– Não sei – respondeu Theremon em um tom monótono.

– Qual é a *única* maneira de conseguir luz sem ser o sol?

– Como é que eu vou saber?

Eles estavam cara a cara.

– Você queima alguma coisa, meu caro. Já viu uma floresta queimar? Já foi acampar e fez um cozido em uma fogueira feita de lenha? Calor não é a única coisa que a madeira emite quando queima, sabe. Ela também emite luz, e as pessoas sabem disso. E, quando está escuro, elas querem luz, e vão *conseguir*.

– Então elas vão queimar madeira?

– Então elas vão queimar tudo o que puderem. Elas precisam de luz. Precisam queimar alguma coisa, e se a madeira não estiver à mão... vão queimar o que estiver mais perto. Vão conseguir a luz que querem... e todos os centros de habitação serão consumidos pelas chamas!

Eles se entreolharam fixamente, como se o problema todo fosse uma questão pessoal das respectivas forças de vontade, depois Theremon desviou o olhar sem dizer uma palavra. Sua respiração estava áspera e irregular, e ele mal notou o súbito rebuliço que veio da sala ao lado, por trás da porta fechada.

Com esforço para fazer a mensagem soar pragmática, Sheerin falou:

– Acho que ouvi a voz do Yimot. Ele e o Faro provavelmente voltaram. Vamos entrar e ver o que os atrasou.

– Pois bem! – murmurou Theremon. Ele respirou fundo e pareceu sacudir-se. A tensão foi quebrada.

A sala estava tumultuada, com membros da equipe aglomerados ao redor de dois rapazes que tiravam as camadas externas de roupa ao mesmo tempo que se defendiam da miscelânea de perguntas atiradas a eles.

Aton abriu caminho em meio à turba e encarou furiosamente os recém-chegados.

– Vocês percebem que falta menos de meia hora para o prazo final? Onde vocês dois estavam?

Faro 24 se sentou e esfregou as mãos. Suas bochechas estavam vermelhas por causa do frio que fazia lá fora.

– Yimot e eu acabamos de realizar um pequeno experimento maluco nosso. Estávamos tentando ver se não conseguíamos construir um mecanismo com o qual pudéssemos simular a aparência da Escuridão e das Estrelas para ter uma noção prévia de como é.

Ouviu-se um murmúrio confuso dos ouvintes, e uma súbita expressão de interesse tomou conta dos olhos de Aton.

– Ninguém falou nada sobre esse assunto antes. Como vocês resolveram isso?

– Bem – respondeu Faro –, Yimot e eu tivemos essa ideia muito tempo atrás e estivemos trabalhando nela no nosso tempo livre. Yimot sabia de uma casa de um andar com teto abobadado na cidade... acho que foi usada como museu certa vez. Enfim, nós a compramos...

– De onde tiraram o dinheiro? – interrompeu Aton peremptoriamente.

– Das nossas contas no banco – resmungou Yimot 70. – Custou dois mil créditos. – Depois acrescentou, em tom defensivo: – Bom, e daí?

Amanhã, dois mil créditos vão ser dois mil pedaços de papel. Só isso.

– É mesmo – concordou Faro. – Compramos o lugar e colocamos veludo preto de alto a baixo para conseguir uma Escuridão tão perfeita quanto possível. Depois fizemos furos minúsculos no teto e no telhado e cobrimos com tampinhas de metal, todas as quais podiam ser empurradas ao mesmo tempo apertando um interruptor. Pelo menos não fizemos essa parte por conta própria: chamamos um carpinteiro e um eletricista e outros... o dinheiro não importava. A questão era que podíamos fazer a luz brilhar através daqueles buracos no telhado, de maneira que pudéssemos obter um efeito semelhante ao das estrelas.

Ninguém respirou durante a pausa que se seguiu.

– Vocês não tinham direito de fazer algo por conta própria... – disse Aton com firmeza.

Faro pareceu envergonhado.

– Eu sei, senhor... mas, sinceramente, Yimot e eu achamos o experimento um pouco perigoso. Se o efeito realmente funcionasse, nós meio que esperávamos enlouquecer... com base no que o Sheerin fala sobre tudo isso, achamos que seria bastante provável. Quisemos correr o risco nós mesmos. Claro, passou pela nossa mente que, se descobríssemos que seríamos capazes de manter a sanidade, poderíamos desenvolver imunidade à coisa real e depois expor o restante de vocês da mesma forma. Mas as coisas não funcionaram nem um pouco...

– Por quê? O que aconteceu?

Foi Yimot quem respondeu:

– Nós nos trancamos lá dentro e deixamos os nossos olhos se acostumarem ao escuro. É uma sensação extremamente assustadora, porque a Escuridão total faz você sentir que as paredes e o teto estão se fechando sobre você. Mas superamos isso e apertamos o interruptor. As tampas caíram e o teto ficou todo iluminado com pontinhos de luz...

– E daí?

– E daí... nada. Essa foi a parte maluca. Não aconteceu nada. Era só um telhado com buracos e era exatamente o que parecia. Tentamos várias vezes, foi isso que nos fez demorar tanto, mas simplesmente não existe efeito nenhum.

Seguiu-se um longo período de silêncio e todos os olhos se voltaram para Sheerin, que estava estático e boquiaberto.

Theremon foi o primeiro a falar.

– Sheerin, você sabe o que isso faz com toda a teoria que você construiu, não sabe? – Ele estava sorrindo, aliviado.

Mas Sheerin ergueu a mão.

– Agora espere um pouco. Me deixem avaliar isso. – Então estalou os dedos e, quando ergueu a cabeça, não havia nem surpresa nem incerteza em seus olhos. – Claro...

Ele nunca terminou. De algum lugar lá em cima ecoou um tinido agudo, e Beenay, levantando-se de um salto, subiu correndo as escadas com um "Que diabos?".

Os demais o seguiram.

As coisas aconteceram rápido. Quando chegou à cúpula, Beenay dirigiu um olhar horrorizado às chapas fotográficas estilhaçadas e ao homem inclinado sobre elas, depois se lançou sobre o intruso com ferocidade, agarrando sua garganta em um aperto mortal. Houve uma movimentação frenética e, quando os outros membros da equipe se juntaram a eles, o estranho foi engolido e sufocado sob o peso de meia dúzia de homens zangados.

Aton subiu por último, ofegante.

– Deixem o sujeito se levantar!

Seguiu-se um desembaralhamento relutante, e o estranho, arquejando intensamente, com as roupas rasgadas e a testa machucada, foi puxado até se levantar. Ele tinha uma barba curta loura primorosamente enrolada ao estilo usado pelos cultistas.

Beenay soltou a garganta do homem, segurou seu colarinho e o chacoalhou com violência.

— Tudo bem, seu pulha, o que você fez? Essas placas...

— Eu não estava atrás *delas* – retorquiu o cultista friamente. – Foi um acidente.

Beenay seguiu o olhar furioso dele e rosnou:

— Entendo. Você estava atrás das câmeras. O acidente com as chapas foi um golpe de sorte para você então. Se tivesse tocado a Bertha Fotógrafa ou qualquer um dos outros, teria morrido em uma tortura lenta. Da forma como está... – Ele preparou o punho.

Aton agarrou a manga da roupa dele.

– Pare com isso! Solte esse homem!

O jovem técnico hesitou e deixou o braço cair, relutante. Aton o empurrou para o lado e confrontou o cultista:

– Você é o Latimer, não é?

O cultista fez uma mesura rígida e indicou um símbolo sobre o quadril.

– Sou Latimer 25, ajudante da terceira classe de Sua Serenidade, Sor 5.

Aton ergueu as sobrancelhas brancas e disse:

– E esteve aqui com Sua Serenidade quando ele me visitou a semana passada, não esteve?

Latimer se curvou pela segunda vez.

– Mas o que você quer?

– Nada que vocês me dariam de livre e espontânea vontade.

– Sor 5 mandou você, eu imagino... ou foi ideia sua?

– Não vou responder a isso.

– Haverá mais algum visitante?

– Também não vou responder a isso.

Aton olhou para o relógio e fez uma careta.

– Homem, o que é que o seu mestre quer de mim? Cumpri minha parte do acordo.

Latimer deu um sorriso tênue, mas não disse nada. Anton continuou, com raiva:

– Eu pedi a ele dados que só o Culto poderia fornecer e me deram. Agradeço por isso. Em troca, prometi provar a verdade essencial do credo do Culto.

– Não existe necessidade de comprovação – replicou Latimer com orgulho. – Está comprovado pelo *Livro das Revelações*.

– Para o punhado de pessoas que compõem o Culto, sim. Não finja que não entendeu o que eu quis dizer. Me ofereci para apresentar dados científicos que sustentem suas crenças. E apresentei!

O cultista estreitou os olhos com amargura.

– É, apresentou, com a sutileza de uma raposa, pois sua pretensa explicação sustentou nossas crenças e ao mesmo tempo eliminou toda a necessidade delas. Você transformou a Escuridão e as Estrelas em um fenômeno natural e acabou com todo o significado real delas. Foi blasfêmia.

– Se foi, a culpa não é minha. Os fatos existem. O que posso fazer além de expor isso?

– Os seus "fatos" são uma fraude e uma ilusão.

Aton bateu o pé, irritado.

– Como você sabe?

– Eu sei! – A resposta veio com a certeza da fé absoluta.

O diretor ficou roxo de raiva e Beenay murmurou com urgência. Aton fez um sinal para ele se calar.

– E o que é que o Sor 5 quer que a gente faça? Ele ainda acha que, ao tentar alertar o mundo para tomar medidas contra a ameaça da loucura, estamos colocando inúmeras almas em risco, creio eu. Não estamos nos saindo bem, se isso significa alguma coisa para ele.

– A tentativa por si só já causou dano suficiente, e é preciso deter o seu esforço perverso para conseguir informações por meio dos seus instrumentos demoníacos. Nós obedecemos à vontade das Estrelas, e só lamento que minha falta de jeito tenha me impedido de destruir os seus aparelhos infernais.

– Não teria sido de grande serventia para você. Todos os nossos dados, exceto pela evidência direta

que pretendemos coletar agora mesmo, já estão escondidos em segurança e bem longe da possibilidade de serem danificados. – Anton deu um sorriso sombrio. – Mas isso não afeta o status atual das suas ações como tentativa de roubo e de crime.

Ele se virou para os homens que estavam atrás.

– Alguém ligue para a polícia.

Ouviu-se um grito de repulsa de Sheerin.

– Que droga, Aton, o que há de errado com você? Não há tempo para isso. Aqui, deixe que eu cuido disso. – Ele avançou ruidosamente.

Aton encarou o psicólogo.

– Não é hora para as suas brincadeiras, Sheerin. Quer me deixar cuidar disso do meu jeito? Neste exato momento, você é um completo estranho aqui, não se esqueça.

Sheerin torceu a boca de modo eloquente.

– Por que deveríamos ter o trabalho impossível de chamar a polícia com o eclipse de Beta prestes a acontecer daqui a alguns minutos quando esse rapaz está perfeitamente disposto a dar a sua palavra de que vai ficar aqui sem causar nenhum problema?

– Eu não vou fazer uma coisa dessas – respondeu o cultista prontamente. – Vocês são livres para fazer o que quiserem, mas é justo avisar que vou terminar o que vim fazer aqui assim que tiver a chance. Se é na minha palavra de honra que estão confiando, é melhor chamarem a polícia.

Sheerin sorriu de forma amigável.

– Você é uma praga obstinada, não é? Vou explicar uma coisa. Está vendo aquele rapaz perto da janela? Ele é um sujeito forte e robusto, bastante hábil com as mãos e, além do mais, um forasteiro. Quando o eclipse começar, não vai ter nada para ele fazer exceto ficar de olho em você. Além dele, eu também vou estar aqui... um pouco corpulento demais para dar uns murros, mas ainda capaz de ajudar.

– Bem, e daí? – indagou Latimer friamente.

– Preste atenção e eu vou te contar. Assim que o eclipse começar, Theremon e eu vamos levar você para essa salinha que tem uma porta com um cadeado gigantesco, mas nenhuma janela. Você vai ficar lá enquanto o eclipse durar.

– E depois – sussurrou Latimer em tom agressivo – não vai ter ninguém para me deixar sair. Sei tão bem quanto vocês o que a chegada das Estrelas significa... sei muito melhor do que vocês. Com as mentes ensandecidas, é pouco provável que me libertem. Morrer sufocado ou morrer de fome aos poucos? Mais ou menos o que eu poderia ter esperado de um grupo de cientistas. Mas não dou minha palavra. É uma questão de princípio e não vou mais discutir o assunto.

Aton parecia perturbado. Seus olhos desbotados estavam preocupados.

– Sério, Sheerin, trancar...

– Por favor! – Sheerin fez um gesto impaciente para ele se calar. – Não acho nem por um instante que as coisas vão chegar a esse ponto. O Latimer apenas tentou dar um blefezinho engenhoso, mas não sou psicólogo só porque gosto do som da palavra. – Ele sorriu para o cultista. – Ora, vamos, você não acha mesmo que vou tentar fazer uma coisa tão grosseira como matar você de fome aos poucos. Meu caro Latimer, se eu trancar você na salinha, você não vai ver a Escuridão e não vai ver as Estrelas. Não é preciso muito conhecimento sobre o credo fundamental do Culto para perceber que, para você, estar escondido das Estrelas quando elas aparecerem significa a perda da sua alma imortal. Pois bem, eu acredito que você é um homem honrado. Vou aceitar a sua palavra de honra de que não vai fazer mais nenhum esforço para tumultuar os procedimentos, se você a der.

Uma veia saltou na têmpora de Latimer, e ele pareceu encolher-se dentro de si mesmo enquanto dizia com voz rouca:

– Vocês têm minha palavra! – Depois, com repentina fúria, acrescentou: – Mas meu consolo é que vão ser amaldiçoados pelos seus atos de hoje. – Ele se virou e se sentou no banquinho alto de três pernas ao lado da porta.

Sheerin acenou com a cabeça para o colunista.

– Sente-se perto dele, Theremon... é só uma formalidade. Ei, Theremon!

Mas o jornalista não se mexeu. Ficara pálido até os lábios.

– Vejam aquilo! – O dedo que ele apontava para o céu tremia, e sua voz estava seca e falha.

Ouviu-se um arquejo simultâneo quando todos os olhos seguiram o dedo e, por um momento ofegante, ficaram olhando, paralisados.

Um lado de Beta estava lascado!

O pedacinho de escuridão que o invadia talvez fosse do tamanho da unha de um dedo, porém, para os observadores, alcançou a magnitude do começo do fim do mundo.

Só por um instante, eles observaram; depois, houve uma confusão de gritos que durou ainda menos e que deu lugar a uma agitação organizada de atividade, cada homem com o seu trabalho previsto. No momento crucial, não havia tempo para emoção. Aqueles homens eram meramente cientistas com um trabalho a fazer. Até Aton desaparecera.

– O primeiro contato deve ter acontecido quinze minutos atrás – comentou Sheerin de modo prosaico. – Um pouco cedo, mas muito bom, considerando as incertezas que o cálculo envolvia.

Ele olhou em volta de si, depois foi pé ante pé até Theremon, que continuava olhando pela janela, e o arrastou delicadamente para longe.

– Aton está furioso, então fique longe. Ele perdeu o primeiro contato por conta dessa confusão com o Latimer e, se você atrapalhar, vai mandar jogarem você pela janela.

Theremon aquiesceu com um aceno breve e se sentou. Sheerin o encarou, surpreso, e exclamou:

– Que diabos, cara! Você está tremendo.

– Hein? – Theremon passou a língua pelos lábios secos, então tentou sorrir. – Não estou me sentindo muito bem, e isso é um fato.

Os olhos do psicólogo endureceram.

– Você não está perdendo a coragem, está?

– Não! – gritou Theremon em um lampejo de indignação. – Quer fazer o favor de me dar uma chance? Eu não acreditei de verdade nessa lenga-lenga, pelo menos não lá no fundo, até este exato minuto. Me dê uma chance de me acostumar à ideia. Vocês vêm se preparando há dois meses ou mais...

– Nesse ponto você está certo – replicou Sheerin, pensativo. – Escute! Você tem família: pais, esposa, filhos?

Theremon chacoalhou a cabeça.

– Você está falando do Refúgio, imagino. Não, não precisa se preocupar com isso. Tenho uma irmã, mas ela está a mais de três mil quilômetros daqui. Eu nem sei o endereço exato dela.

– Bom, e quanto a você? Dá tempo de você chegar lá e está faltando uma pessoa, já que eu saí. Afinal, não precisam de você aqui e seria um danado de um bom acréscimo...

Theremon olhou para o outro, cansado.

– Você acha que estou morrendo de medo, não acha? Bem, entenda uma coisa, meu caro: sou jornalista e fui incumbido de cobrir uma história. Pretendo fazer essa cobertura.

Surgiu um sorriso débil no rosto do psicólogo.

– Entendo. Honra profissional, é isso?

– Podemos dizer que sim. Mas, cara, eu daria meu braço direito por outra garrafa daquele goró bacana, mesmo que tivesse metade do tamanho da que você monopolizou. Se algum dia alguém precisou de uma bebida, esse alguém sou eu.

Ele parou de falar. Sheerin o estava cutucando violentamente.

– Está ouvindo isso? Escute.

Theremon seguiu a direção apontada pelo queixo do outro e fitou o cultista, que, alheio a tudo à sua volta, estava de frente para a janela com um olhar de júbilo alucinado no rosto, cantarolando para si mesmo.

– O que ele está falando? – sussurrou o jornalista.

– Está citando o *Livro das Revelações*, capítulo cinco – respondeu Sheerin. Depois, acrescentou com urgência: – Fique quieto e escute, falando sério.

A voz do cultista se elevara em uma intensificação súbita de fervor.

– E ocorreu que, naqueles dias, o sol, Beta, fazia uma vigília solitária no céu por períodos cada vez mais longos à medida que as rotações passavam, até chegar o tempo de meia rotação completa em que ele sozinho, encolhido e frio, brilhou sobre Lagash.

"E os homens se reuniram em praças públicas e estradas para discutir e admirar a vista, pois uma estranha depressão tomara conta deles. Suas mentes estavam perturbadas e sua fala, confusa, pois as almas dos homens esperavam a chegada das Estrelas.

"E na cidade de Trigon, ao meio-dia, Vendret 2 apareceu e disse para os homens de lá: Vejam, pecadores! Embora desdenhem dos caminhos da retidão, o tempo do acerto de contas chegará. Mesmo agora a Caverna se aproxima para engolir Lagash; sim, e tudo o que ele contém.

"E, ao mesmo tempo que falava, a borda da Caverna da Escuridão passou pela beirada de Beta, e assim, para todo o Lagash, ele ficou oculto à vista. Altos eram os gritos dos homens quando o sol desvaneceu, e grande o medo de alma que recaiu sobre eles.

"Aconteceu que a Escuridão da Caverna recaiu sobre Lagash e não havia luz em toda a superfície. Os homens estavam como que cegos e nenhum homem conseguia ver o vizinho, embora sentisse o hálito dele sobre seu rosto.

"E nessa escuridão apareceram as Estrelas, incontáveis em número, e sob os acordes de uma música de tamanha beleza que as próprias folhas das árvores gritaram de admiração.

"E, nesse momento, as almas dos homens os deixaram, e seus corpos abandonados se tornaram mesmo como feras, sim, mesmo como bestas da vastidão selvagem, de modo que, pelas ruas escuras das cidades de Lagash, espreitavam com gritos ferozes.

"Das Estrelas então desceu a Chama Celeste, e onde ela tocava as cidades de Lagash se incendiavam até a total destruição; do homem e das obras do homem nada restou.

"Mesmo então..."

Houve uma mudança sutil no tom de Latimer. Seus olhos não haviam se mexido, mas, de alguma forma, ele percebera a atenção absorta dos outros dois. Com facilidade, sem parar para respirar, o timbre de sua voz mudou e as sílabas se tornaram mais melífluas.

Theremon, pego de surpresa, o encarou. As palavras pareciam quase familiares. Houve uma mudança indefinível no sotaque, uma mudança mínima na ênfase das vogais, nada mais... contudo, Latimer se tornara completamente ininteligível.

Sheerin deu um sorriso astuto.

– Ele passou para alguma língua do velho ciclo, provavelmente o tradicional segundo ciclo deles. Essa foi a língua em que o *Livro das Revelações* foi escrito originalmente, sabe?

– Não importa, já ouvi o bastante. – Theremon empurrou a cadeira para trás e escovou os cabelos para trás com as mãos, que não tremiam mais. – Estou me sentindo muito melhor agora.

– Está? – Sheerin parecia ligeiramente surpreso.

– Estou falando sério. Tive uma crise grave de nervosismo agora há pouco. Ouvir você e a sua gravitação e ver aquele começo de eclipse quase acabou comigo. Mas isso... – Ele apontou um dedo desdenhoso para o cultista de barba loura. – *Isso* é o tipo de coisa que minha babá costumava me contar. Passei a vida inteira rindo desse tipo de coisa. Não vou deixar que me assuste *agora*.

Ele respirou fundo e acrescentou, com uma alegria agitada:

– Mas, se espero continuar em boas graças comigo mesmo, vou virar minha cadeira de costas para a janela.

– É, mas é melhor você falar mais baixo. Aton acabou de levantar a cabeça daquela caixa onde se meteu e lançou um olhar assassino para você – disse Sheerin.

Theremon contorceu a boca.

– Esqueci o velhote. – Com uma cautela elaborada, virou a cadeira de costas para a janela, deu uma olhada detestável para trás e continuou: – Me passou pela cabeça que deve existir uma imunidade considerável contra essa loucura das Estrelas.

O psicólogo não respondeu de imediato. Beta passara do zênite agora, e o quadrado de luz do sol

cor de sangue que delineava a janela no chão chegara à altura do colo de Sheerin. Ele olhou para a cor crepuscular, pensativo, depois se inclinou e olhou para o próprio sol, apertando os olhos.

A lasca na lateral se transformara em uma incursão que cobria um terço de Beta. Ele estremeceu e, quando se endireitou outra vez, suas bochechas coradas não tinham tanta cor quanto antes.

Com um sorriso que era quase um pedido de desculpas, ele também virou a cadeira.

– Existem provavelmente dois milhões de pessoas em Saro que estão tentando se juntar ao Culto ao mesmo tempo. O Culto vai ter uma hora de prosperidade sem precedentes. Acredito que vão tirar o máximo de proveito. Bem, o que foi que você disse mesmo?

– Só isso. Como é que os cultistas conseguiram manter o *Livro das Revelações* passando de ciclo a ciclo, e como em nome de Lagash ele foi escrito, para começo de conversa? Deve ter existido algum tipo de imunidade, porque, se todos tivessem ficado loucos, quem poderia ter sobrado para escrever o livro?

Sheerin olhou tristemente para o seu questionador.

– Bom, meu jovem, não há nenhuma testemunha ocular para responder a isso, mas temos algumas boas noções do que aconteceu. Sabe, existem três tipos de pessoas que poderiam permanecer relativamente inalterados. Em primeiro lugar, os poucos que não veem nada das Estrelas: aqueles com grave atraso mental ou aqueles que bebem até se entorpecer no começo do eclipse e continuam assim até o final. Vamos deixar essas pessoas de fora porque não são testemunhas de verdade.

"Também temos as crianças abaixo de seis anos, para quem o mundo como um todo é novo e estranho demais para que se assustem com as Estrelas e a Escuridão. Essas coisas seriam só mais um elemento em um mundo já surpreendente. Você entende isso, não entende?"

O outro aquiesceu duvidosamente.

– Acho que sim.

– Por último, existem aqueles que têm uma mente rude demais para ser derrubada por completo. Os próprios insensíveis mal seriam afetados... ah, pessoas como os nossos camponeses mais velhos, alquebrados pelo trabalho. Bem, as crianças teriam lembranças fugazes e isso, combinado com o falatório confuso e incoerente dos idiotas meio loucos, formou a base para o *Livro das Revelações*.

"Naturalmente, o livro foi baseado, em primeiro lugar, no testemunho dos menos qualificados para servirem de historiadores, isto é, crianças e idiotas, e provavelmente foi editado e reeditado no decorrer dos ciclos."

Theremon o interrompeu:

– Você acha que eles carregaram o livro ao longo dos ciclos da forma como estamos planejando passar o segredo da gravitação?

Sheerin encolheu os ombros.

– Talvez, mas o método exato deles não tem importância. Eles fazem isso de algum modo. O que eu estava querendo dizer é que não há como o livro não passar de um amontoado de distorções, mesmo que seja baseado em fatos. Por exemplo, você se lembra do experimento com os buracos no teto que o Faro e o Yimot tentaram e que não funcionou?

– Lembro.

– Você sabe por que não f... – Ele parou e se levantou, alarmado, pois Aton se aproximava, o rosto contorcido numa máscara de consternação. – *O que aconteceu?*

Aton o levou para um canto. Sheerin pôde sentir os dedos em seu cotovelo tremendo.

– Não tão alto! – A voz de Aton soou baixa e torturada. – Acabei de receber notícias do Refúgio na linha particular.

– Eles estão em apuros? — interrompeu Sheerin, ansioso.

– *Eles*, não. – Aton enfatizou significativamente o pronome. – Eles se trancaram pouco tempo atrás e vão ficar lá enterrados até depois de amanhã. Estão seguros. Mas a *cidade*, Sheerin... está um caos. Você não faz ideia... – Ele estava tendo dificuldade para falar.

– Bom? – retorquiu Sheerin, impaciente. – E daí? Vai ficar pior. Por que você está tremendo? – Então perguntou, desconfiado: – Como está se sentindo?

Os olhos de Aton faiscaram raivosamente com a insinuação, depois a raiva se transformou em ansiedade mais uma vez.

– Você não entende. Os cultistas estão agindo. Estão incitando as pessoas a invadir o observatório prometendo entrada imediata no estado de graça, prometendo salvação, prometendo qualquer coisa. O que vamos fazer, Sheerin?

Sheerin curvou a cabeça e ficou olhando os pés em longa abstração. Deu batidinhas no queixo com um dos nós dos dedos, depois alçou os olhos e respondeu secamente:

– Fazer? O que pode ser feito? Nada. Os homens sabem disso?

— Não, claro que não!

— Ótimo! Que continue assim. Quanto tempo falta até a totalidade?

— Menos de uma hora.

— Não há nada a fazer além de arriscar. Vai levar tempo para organizar uma multidão realmente expressiva e mais tempo ainda para trazer todo mundo para cá. Estamos a uns bons oito quilômetros da cidade...

Ele olhou pela janela para as encostas até onde os trechos cultivados davam lugar a um amontoado de casas brancas nos arredores, até onde a própria metrópole era um borrão no horizonte, uma névoa sob o brilho minguante de Beta.

— Vai levar tempo — repetiu ele. — Continue trabalhando e reze para que a totalidade chegue antes.

Beta estava cortado ao meio, a linha de divisão formando uma ligeira concavidade na porção ainda brilhante do sol. Era como uma pálpebra gigantesca se fechando obliquamente sobre a luz de um planeta.

O leve barulho da sala onde estavam caiu no esquecimento, e ele sentia apenas o denso silêncio dos campos do lado de fora. Os próprios insetos pareciam ter emudecido de medo. E as coisas estavam turvas.

Ele se assustou ao ouvir uma voz em seu ouvido.

– Algo errado? – perguntou Theremon.

– Hein? Ahn... não. Volte para a cadeira. Estamos no caminho.

Eles voltaram para o canto, mas o psicólogo ficou quieto por um tempo.

Ergueu um dedo e afrouxou o colarinho. Torceu o pescoço de um lado para o outro e não encontrou alívio. Olhou para cima de repente.

– Você está com dificuldade para respirar?

O jornalista arregalou os olhos e respirou fundo duas ou três vezes.

– Não. Por quê?

– Olhei pela janela por tempo demais, imagino. A obscuridade me afetou. Dificuldade de respirar é um dos primeiros sintomas de um ataque claustrofóbico.

Theremon respirou fundo outra vez.

– Bem, não me afetou ainda. Olhe, aqui está outro colega.

Beenay interpôs seu corpo entre a luz e os dois homens no canto, e Sheerin olhou ansioso para ele, apertando os olhos.

– Oi, Beenay.

O astrônomo transferiu o apoio de um pé para o outro e deu um sorriso débil.

– Vocês se importam se eu me sentar um pouco e participar da conversa? Minhas câmeras estão preparadas e não há mais nada a fazer até a totalidade. – Ele parou e espiou o cultista que, quinze minutos antes, tirara da manga um livrinho com capa de couro que estivera lendo atentamente desde então. – Aquele cara não está causando nenhum problema, está?

Sheerin chacoalhou a cabeça. Seus ombros estavam projetados para trás e ele fez uma careta, concentrado, forçando-se a respirar regularmente.

– Você teve alguma dificuldade para respirar, Beenay? – perguntou ele.

Beenay, por sua vez, farejou o ar.

– Não parece abafado para mim.

– Um pouquinho de claustrofobia – explicou Sheerin, como que pedindo desculpas.

– Ahhh! Comigo é diferente. Fico com a impressão de que os meus olhos estão afundando. As coisas parecem embaçar e... bom, nada fica claro. E parece ficar frio também.

– Ah, está frio, sim. Não é ilusão. Parece que despachei meus dedos do pé para o outro lado do país num carro refrigerado. – Theremon fez uma careta.

— O que precisamos é ocupar nossas mentes com assuntos aleatórios. Eu estava contando para você agora há pouco, Theremon, por que o experimento do Faro com os buracos no teto não deu em nada — disse Sheerin.

— Você tinha acabado de começar a explicar — replicou Theremon. Ele abraçou um joelho e recostou o queixo nele.

— Bom, como eu estava dizendo, eles se enganaram ao levar o *Livro das Revelações* ao pé da letra. Provavelmente não havia nenhum sentido em dar significado físico às Estrelas. Sabe, pode ser que, na presença da Escuridão total, a mente ache absolutamente necessário criar luz. O que as Estrelas são na verdade poderia ser a ilusão de luz.

– Em outras palavras, você quer dizer que as Estrelas são o resultado da loucura e não uma das causas. Sendo assim, de que servirão as fotografias do Beenay?

– Para provar que é uma ilusão, talvez, ou para provar o contrário, até onde sei. Por outro lado...

Mas Beenay aproximara a cadeira e havia uma expressão de súbito entusiasmo em seu rosto.

– Vejam, estou feliz de vocês dois terem entrado nesse assunto. – Ele estreitou os olhos e ergueu um dedo. – Estive pensando nessas Estrelas e tive uma ideia perspicaz. Claro que é só suposição e eu não estou tentando apresentar isso como uma coisa séria, mas acho que é interessante. Querem ouvir?

Ele parecia meio relutante, mas Sheerin se reclinou e respondeu:

– Vá em frente! Estou ouvindo.

– Pois bem, suponhamos que existam outros sóis no universo. – Ele interrompeu sua fala com certa timidez. – Quero dizer, sóis tão distantes que não conseguimos ver a luz deles, de tão fraca que é. Deve parecer que andei lendo alguma coisa daquela ficção fantástica, imagino.

– Não necessariamente. Mas essa possibilidade não está eliminada pelo fato de que, segundo a Lei da Gravitação, eles se tornariam evidentes pela força de atração?

– Não se estiverem longe o bastante – retorquiu Beenay –, longe de verdade... talvez a quatro anos-luz ou até mais. Nesse caso, jamais seríamos capazes de detectar qualquer perturbação, porque seriam pequenas demais. Digamos que existam muitos sóis a essa distância, uma dezena ou algumas, talvez.

Theremon deu um assobio melodioso.

– Que ideia para um bom suplemento de domingo. Dezenas de sóis em um universo de oito anos-luz de diâmetro. Uau! Isso reduziria o nosso planeta à insignificância. Os leitores devorariam o artigo.

– É só uma ideia – disse Beenay com um sorriso –, mas você entendeu o sentido da coisa. Durante o eclipse, essas dúzias de sóis se tornariam visíveis porque não haveria uma verdadeira luz do sol para ofuscá-las. Já que estão tão distantes, pareceriam pequenas, como um monte de bolinhas de gude. Claro que os cultistas falam de milhões de Estrelas, mas provavelmente é um exagero. Simplesmente não há espaço no universo para colocar um milhão de sóis... a menos que eles se toquem.

Sheerin ouvira isso com um interesse cada vez maior.

– Você descobriu alguma coisa aí, Beenay. E exagero é exatamente o que aconteceria. Nossas mentes, como você provavelmente sabe, não conseguem compreender diretamente qualquer número acima de cinco. Acima disso só existe o conceito de "muitos". Uma dezena se transformaria em um milhão num piscar de olhos. Uma ideia muito boa!

– E tenho uma outra das boas – retomou Beenay. – Já pensou como a gravitação seria uma questão banal se ao menos a gente tivesse um sistema simples o bastante? Imagine um universo onde houvesse um planeta com apenas um sol. O planeta descreve uma elipse perfeita, e a natureza exata da força gravitacional seria tão evidente que poderia ser aceita como um axioma. Os astrônomos de um planeta assim provavelmente começariam com a gravidade antes até de inventarem o telescópio. A observação a olho nu seria suficiente.

– Mas um sistema desses seria dinamicamente estável? – questionou Sheerin, em dúvida.

– Claro! São chamados de casos "um e um". Foi resolvido matematicamente, mas são as implicações filosóficas que me interessam.

– É bom de pensar como uma bela abstração... como um gás perfeito ou o zero absoluto – admitiu Sheerin.

– Claro que há o problema de que a vida seria impossível em um planeta desses – continuou Beenay. – Ele não receberia luz e calor suficientes e, se girasse, haveria Escuridão total durante metade de cada dia. Seria impossível esperar que a vida, que depende fundamentalmente da luz, se desenvolvesse nessas condições. Além do mais...

A cadeira de Sheerin caiu para trás quando ele se levantou de um pulo em uma interrupção rude.

– O Aton trouxe as luzes.

– Hein? – falou Beenay, virando-se para olhar; depois abriu um sorriso largo, em evidente alívio.

Havia meia dúzia de bastões de trinta centímetros de comprimento e dois e meio de diâmetro nos braços de Aton. Ele olhou feio por cima dos bastonetes para os membros da equipe reunidos.

– Voltem ao trabalho, todos vocês. Sheerin, venha me ajudar!

Sheerin foi depressa para o lado do homem mais velho e, um a um, em total silêncio, os dois ajustaram os bastões em suportes de metal improvisados suspensos das paredes.

Com o ar de quem realizava a parte mais sagrada de um ritual religioso, Sheerin riscou um fósforo grande e desajeitado, dando-lhe vida, e o passou para Aton, que levou a chama até a extremidade superior de um dos bastões.

A chama hesitou ali por um tempo, brincando inutilmente ao redor da ponta até um súbito clarão crepitante projetar luzes amarelas no rosto enrugado de Aton. Ele afastou o fósforo e aplausos espontâneos fizeram a janela estremecer.

Sobre o bastão havia quinze centímetros de chamas bruxuleantes! Os outros bastões foram metodicamente iluminados até seis fontes de luz independentes deixarem o fundo da sala amarelo.

A luz era fraca, até mais fraca do que a tênue luz do sol. As chamas se agitavam loucamente, dando origem a sombras ébrias e oscilantes. As tochas soltavam uma fumaça diabólica e produziam o cheiro de um dia ruim na cozinha. Mas emitiam luz amarela.

Havia algo de especial naquela luz amarela depois de quatro horas de um Beta sombrio e escurecido. Até Latimer erguera os olhos do livro e observava, admirado.

Apesar do pó fino e cinzento de fuligem que se juntava em cima das tochas, Sheerin esquentou as mãos em uma delas.

– Que beleza! Que beleza! – murmurou para si em êxtase. – Eu nunca tinha percebido como o amarelo é uma cor bonita.

Mas Theremon olhava para as tochas com desconfiança. Ele torceu o nariz ao sentir aquele odor rançoso e perguntou:

– O que são essas coisas?

– Madeira – respondeu Sheerin concisamente.

– Ah, não são, não. Não estão queimando. Os dois centímetros e meio da parte de cima estão chamuscados e a chama simplesmente se projeta do nada.

– Essa é a beleza do aparato. Esse é um mecanismo de luz artificial eficiente de verdade. Fabricamos algumas centenas, mas a maioria foi mandada para o Refúgio, claro. Veja bem – ele se virou e limpou no lenço as mãos enegrecidas –, você pega o miolo de juncos comuns, deixa secarem bem e coloca de molho em gordura animal. Depois ateia fogo e a gordura queima pouco a pouco. Essas tochas vão queimar durante quase meia hora sem parar. Engenhoso, não é? Foi desenvolvida por um dos nossos jovens na Universidade Saro.

Depois daquela sensação momentânea, a cúpula se aquietou. Latimer posicionara a cadeira bem embaixo de uma tocha e continuou lendo, mexendo os lábios em um recital monótono de invocações às Estrelas. Beenay voltara para as suas câmeras, e Theremon aproveitou a oportunidade para acrescentar anotações para o artigo que ia escrever para o *Crônicas* no dia seguinte, um procedimento que vinha seguindo pelas duas últimas horas de modo perfeitamente metódico, perfeitamente consciencioso e, como ele bem sabia, perfeitamente sem sentido.

Mas, como indicava o brilho de divertimento nos olhos de Sheerin, a cuidadosa tomada de notas ocupava sua mente com algo que não era o fato de que o céu estava aos poucos adquirindo uma horrível coloração vermelho-púrpura, como se fosse uma gigantesca beterraba que tivessem acabado de descascar, então as anotações cumpriam o seu propósito.

O ar de alguma forma ficou mais denso. O crepúsculo, como uma entidade palpável, entrou na sala, e o círculo dançante de luz amarela ao redor das tochas se tornou cada vez mais nítido contra o cinza crescente mais além. Havia o cheiro de fumaça e a presença dos ruídos produzidos pelas tochas à medida que queimavam, como risadinhas abafadas; os sons abafados dos homens circundando a mesa onde trabalhavam, hesitantes e na ponta dos pés; a ocasional respiração de alguém tentando manter a serenidade em um mundo que recuava para as sombras.

Foi Theremon quem primeiro ouviu o barulho vindo de fora. Era uma *impressão* de som, vaga e desorganizada, que teria passado despercebida não fosse o silêncio sepulcral que prevalecia dentro da cúpula.

O jornalista se aprumou e guardou o caderno. Ele conteve a respiração e prestou atenção; depois, com considerável relutância, caminhou entre o solarescópio e uma das câmeras de Beenay e se postou diante da janela.

O silêncio foi estilhaçado pelo seu grito alarmado:

– *Sheerin!*

O trabalho parou. O psicólogo foi para o lado dele em um instante. Aton se juntou também. Até Yimot 70, do alto de seu assento com encosto reclinável diante da lente do solarescópio gigantesco, parou e olhou para baixo.

Lá fora, Beta era uma mera lasca ardente, dando uma última olhada desesperada em Lagash. O horizonte leste, na direção da cidade, estava perdido em Escuridão, e a estrada de Saro até o observatório era uma linha vermelha e opaca cercada por trechos de bosques cujas árvores haviam perdido de algum modo a individualidade, fundindo-se em uma massa obscura contínua.

Mas era a estrada em si que chamava a atenção, pois, ao longo dela, surgia outra massa obscura infinitamente ameaçadora.

– Os malucos da cidade! Eles vieram! – gritou Aton com uma voz entrecortada.

– Quanto falta para a totalidade? – perguntou Sheerin.

– Quinze minutos, mas... mas eles vão chegar aqui em cinco.

– Esquece isso, os homens devem continuar a trabalhar. Nós vamos manter essas pessoas afastadas. Este lugar parece uma fortaleza. Aton, fique de olho no nosso jovem cultista só para dar sorte. Theremon, venha comigo.

Sheerin saiu pela porta e Theremon foi logo atrás. A escada se estendia diante deles em extensões estreitas e circulares ao redor do eixo central, desvanecendo em um cinza úmido e melancólico.

O primeiro impulso da disparada deles os levara a descer quinze metros, de modo que a fraca luz amarela da porta aberta da cúpula tinha desaparecido e, tanto acima como abaixo, a mesma sombra escura se fechava sobre eles.

Sheerin parou, a mão rechonchuda agarrada ao peito. Os olhos estavam arregalados e a voz era uma tosse seca.

– Não consigo... respirar... Desça... você. Feche todas as portas...

Theremon desceu mais alguns passos, depois se virou.

– Espere! Você consegue aguentar um minuto? – Ele também ofegava. O ar entrava e saía dos seus pulmões como se fosse um grande fluxo de melaço, e surgiu uma pequena semente de pânico agudo em sua mente ao pensar em percorrer sozinho o caminho até lá embaixo na misteriosa Escuridão.

Theremon, no fim das contas, estava com medo do escuro!

– Fique aqui – disse ele. – Vou voltar em um segundo.

Ele subiu correndo dois degraus de cada vez, com o coração acelerado (não só pelo esforço), entrou tropeçando na cúpula e tirou uma tocha do suporte. O cheiro era ruim e a fumaça fazia seus olhos arderem a ponto de quase cegá-lo, mas ele agarrou a tocha como se quisesse beijá-la de alegria. A chama se inclinou para trás quando ele correu escada abaixo outra vez.

Sheerin abriu os olhos e gemeu quando Theremon se inclinou em sua direção. Theremon o sacudiu bruscamente.

– Tudo bem, se controle. Temos luz.

Ele esticou bem o braço, posicionando a tocha o mais alto que pôde e, segurando o psicólogo cambaleante pelo cotovelo, desceu a escada no meio do círculo protetor de luz.

Os escritórios do térreo ainda tinham um pouco de luz, e Theremon sentiu o horror à sua volta diminuir.

– Aqui – falou bruscamente, passando a tocha para Sheerin. – Dá para *ouvir* o pessoal lá fora.

E dava. Pequenos fragmentos de gritos roucos e sem palavras.

Mas Sheerin estava certo: o observatório era quase uma fortaleza. Erguido no século anterior, quando o estilo neogavottiano de arquitetura estava em seu feio apogeu, ele fora projetado para estabilidade e durabilidade em vez de beleza.

As janelas eram protegidas por grades com barras de ferro de dois centímetros e meio de grossura encravadas bem fundo em peitoris de concreto. As paredes eram de uma alvenaria tão sólida que um terremoto não conseguiria abalar, e a porta principal era uma placa imensa de carvalho reforçada com ferro. Theremon moveu os ferrolhos e eles se fecharam com um clangor abafado.

Na outra extremidade do corredor, Sheerin praguejou debilmente. Ele apontou para a fechadura da porta dos fundos, que fora arrombada com um pé de cabra, inutilizando-a.

– Deve ter sido assim que o Latimer entrou – comentou ele.

– Bem, não fique aí parado – exclamou Theremon, impaciente. – Me ajude a arrastar a mobília... e mantenha a tocha afastada dos meus olhos. A fumaça está me matando.

Ele empurrou a pesada mesa de madeira contra a porta enquanto falava e, em dois minutos, construiu uma barricada que compensava o que lhe faltava em beleza e simetria pela pura inércia de sua solidez.

Em algum lugar, a distância, eles conseguiam ouvir vagamente as batidas repetidas de punhos nus na porta; os gritos e berros do lado de fora tinham uma espécie de meia realidade.

A multidão saíra da cidade com apenas duas coisas em mente: o cumprimento da salvação cultista através da destruição do observatório e um medo enlouquecedor que praticamente os paralisava. Não houve tempo para pensarem em carros terrestres, nem em armas, nem em liderança, nem mesmo em organização. Eles foram para o observatório a pé e o atacaram com as próprias mãos.

E, tendo chegado lá, o último lampejo de Beta, a última gota vermelho-rubi de chama, bruxuleava fracamente sobre uma humanidade à qual restava apenas um medo extremo e universal!

– Vamos voltar para a cúpula! – resmungou Theremon.

Na cúpula, apenas Yimot, no solarescópio, permanecera no lugar. Os demais estavam aglomerados em volta de câmeras enquanto Beenay dava instruções com uma voz rouca e cansada.

– Entendam bem, todos vocês. Vou fotografar Beta pouco antes da totalidade e trocar a chapa. Isso significa que cada um de vocês deve cuidar de uma câmera. Vocês sabem tudo sobre... sobre o tempo de exposição...

Ouviu-se um murmúrio ansioso de acordo.

Beenay passou uma das mãos sobre os olhos.

– As tochas continuam queimando? Deixem pra lá, estou vendo! – Ele estava apoiado pesadamente no encosto de uma cadeira. – Agora, lembrem-se, não... não tentem procurar boas imagens. Não percam tempo tentando pegar d-duas estrelas ao mesmo tempo no campo do solarescópio. Uma é suficiente. E...

e se sentirem alguma coisa, *afastem--se da câmera.*

– Me leve até Aton – sussurrou Sheerin para Theremon, à porta. – Não consigo ver.

O jornalista não respondeu de imediato. Os vultos vagos dos astrônomos tremulavam e se turvavam e as tochas lá no alto haviam se tornado somente manchas amarelas.

– Está escuro – lamentou ele.

Sheerin estendeu uma das mãos e avançou cambaleando.

– Aton. Aton!

Theremon o seguiu e segurou o braço dele.

– Espere, eu levo você.

De alguma maneira, ele atravessou a sala. Fechou os olhos contra a

Escuridão e a mente contra o caos dentro dela.

Ninguém os ouvia nem prestava atenção neles. Sheerin bateu contra a parede.

– Aton!

O psicólogo sentiu mãos trêmulas o tocarem, depois recuarem, e uma voz murmurando:

– É você, Sheerin?

– Aton! – Ele se esforçava para respirar normalmente. – Não se preocupe com a multidão. Eles não vão conseguir entrar nesse lugar.

Latimer, o cultista, levantou-se, e o rosto se contorceu de desespero. Ele dera sua palavra e quebrá-la significaria colocar sua alma em perigo mortal. No entanto, aquela promessa lhe fora arrancada à força, não fora feita espontaneamente. As Estrelas sairiam logo! Ele não podia ficar ali parado e permitir... E, contudo, sua palavra fora empenhada.

O rosto de Beenay ficou debilmente corado quando ele olhou para o último raio de Beta, e Latimer, vendo-o se curvar sobre a câmera, tomou sua decisão. Suas unhas cortaram a carne das palmas das mãos enquanto se retesava.

Ele cambaleou loucamente quando começou a correr. Não havia nada à sua frente além de sombras; o próprio piso sob seus pés carecia de substância. Então alguém surgiu em cima dele, e ele caiu com dedos agarrando sua garganta.

O cultista dobrou o joelho e golpeou com força seu agressor.

– Me solte, ou eu vou matar você.

Theremon soltou um grito agudo e murmurou em meio a uma névoa cegante de dor:

– Seu traíra nojento!

O jornalista pareceu tomar consciência de tudo ao mesmo tempo. Ele ouviu Beenay resmungar: "Consegui. Nas suas câmeras, rapazes!", e então houve uma estranha percepção de que o último fio de luz do sol se diluiu e se foi.

Simultaneamente, ele ouviu um último arquejo estrangulado de Beenay e um estranho gritinho de Sheerin, uma risada histérica que terminou em um som áspero... e um silêncio súbito, um estranho silêncio mortal vindo lá de fora.

Latimer parou de fazer força ao contato do aperto, que afrouxava. Theremon espiou os olhos do cultista e viu o branco deles olhando para cima, espelhando o amarelo pálido das tochas. Viu a bolha de baba nos lábios de Latimer e ouviu o baixo queixume animal na garganta do sujeito.

Com o fascínio lento do medo, ele se ergueu, apoiado em um braço, e voltou os olhos para a escuridão horripilante da janela.

Através dela brilhavam as Estrelas!

Não as três mil e seiscentas Estrelas tênues da Terra visíveis a olho nu; Lagash estava no centro de um gigantesco aglomerado. Trinta mil sóis poderosos brilhavam em um esplendor incandescente que era mais assustadoramente frio em sua terrível indiferença do que o vento amargo que varria aquele planeta gelado e horrivelmente sombrio.

Theremon se levantou, vacilante, com a garganta apertada a ponto de sufocar e todos os músculos do corpo se contorcendo em uma intensidade de terror e puro medo insuportáveis. Ele estava enlouquecendo e sabia disso; e, em algum lugar bem lá no fundo, um fragmento de sanidade gritava, esforçando-se para combater a torrente desesperada de pavor escuro. Era horrível enlouquecer e saber que estava enlouquecendo, saber que em um minutinho estaria ali fisicamente e, no entanto, toda a essência real estaria morta e afogada na loucura umbrosa. Pois esse era o Escuro... o Escuro e o Frio e a Perdição. As paredes brilhantes do universo estavam despedaçadas e seus horríveis fragmentos pretos caíam para esmagá-lo e comprimi-lo e obliterá-lo.

Ele empurrou alguém que andava de quatro, mas de algum modo tropeçou nele. Com as mãos apalpando sua garganta torturada, mancou em direção à chama das tochas que preenchiam toda a sua visão insana.

– Luz! – gritou ele.

Em algum lugar, lamuriando-se terrivelmente como uma criança muito assustada, Aton gritava:

– Estrelas... todas as Estrelas... a gente não sabia. Não sabia de nada. A gente achava que seis estrelas em um universo eram uma coisa, as

Estrelas não perceberam, são a Escuridão para sempre e todo o sempre e as paredes estão se rompendo e a gente não sabia e não tinha como saber e qualquer coisa...

Alguém arrebatou a tocha e ela caiu e se apagou. Naquele instante, o horrível esplendor das Estrelas indiferentes saltou para mais perto deles.

No horizonte, do lado de fora da janela, na direção de Saro, um brilho carmesim começou a crescer, intensificando-se em luminosidade, um brilho que não era o de um sol.

A longa noite voltara.

SOBRE O AUTOR

Isaac Asimov nasceu em Petrovich, Rússia, em 1920. Naturalizou-se norte-americano em 1928. O Bom Doutor, como era carinhosamente chamado pelos fãs, escreveu e editou mais de 500 livros, entre os quais *O fim da eternidade*, *Os próprios deuses*, a Série dos Robôs, a trilogia da Fundação e as histórias de robôs que inspiraram filmes como *Eu, Robô* e *O homem bicentenário*. Além de suas mundialmente famosas obras de ficção científica, Asimov alcançou sucesso também com tramas de detetive e mistério, enciclopédias, livros didáticos, textos autobiográficos e uma impressionante lista de trabalhos sobre aspectos variados da ciência. Morreu na cidade de Nova York em 1992.

O cair da noite

TÍTULO ORIGINAL:
Nightfall

COPIDESQUE:
Caroline Bigaiski

CAPA E PROJETO GRÁFICO:
Paula Cruz

REVISÃO:
Renato Ritto
Isabela Talarico

DIREÇÃO EXECUTIVA:
Betty Fromer

DIREÇÃO EDITORIAL:
Adriano Fromer Piazzi

PUBLISHER:
Luara França

EDITORIAL:
Andréa Bergamaschi
Caíque Gomes
Débora Dutra Vieira
Juliana Brandt
Luiza Araujo

COMUNICAÇÃO:
Gabriella Carvalho
Giovanna de Lima Cunha
Júlia Forbes
Maria Clara Villas

COMERCIAL:
Giovani das Graças
Gustavo Mendonça
Lidiana Pessoa
Roberta Saraiva

FINANCEIRO:
Adriana Martins
Helena Telesca

DADOS INTERNACIONAIS DE CATALOGAÇÃO NA
PUBLICAÇÃO (CIP) DE ACORDO COM ISBD

A832c   Asimov, Isaac
O cair da noite / Isaac Asimov ; traduzido por Aline
Storto Pereira ; ilustrado por Paula Cruz. - São Paulo :
Editora Aleph, 2023.
144 p. ; 11cm x 15cm.

Tradução de: Nightfall
ISBN: 978-85-7657-592-4

1. Literatura americana. 2. Ficção científica. I. Pereira,
Aline Storto. II. Cruz, Paula. III. Título.

2023-1508   CDD 813.0876
                                    CDU 821.111(73)-3

ELABORADO POR VAGNER RODOLFO DA SILVA - CRB-8/9410
ÍNDICES PARA CATÁLOGO SISTEMÁTICO:
1. Literatura americana : ficção científica 813.0876
2. Literatura americana : ficção científica 821.111(73)-3

COPYRIGHT © ISAAC ASIMOV, 1969
COPYRIGHT © EDITORA ALEPH, 2023

TODOS OS DIREITOS RESERVADOS. PROIBIDA
A REPRODUÇÃO, NO TODO OU EM PARTE,
ATRAVÉS DE QUAISQUER MEIOS SEM A
DEVIDA AUTORIZAÇÃO.

Rua Bento Freitas, 306, cj. 71 – São Paulo/SP
01220-000 • TEL.: 11 3743-3202
www.editoraaleph.com.br

TIPOGRAFIA:
Servus Slab [texto]
Zuume Edge [entretitulos]

PAPEL:
Pólen Natural 70 g/m² [miolo]
Couché 150 g/m² [capa]
Offset 150 g/m² [guardas]

IMPRESSÃO:
Ipsis Gráfica [julho de 2023]